Ye

23073

ODE

SUR LE RÉTABLISSEMENT

DU CULTE,

SUIVIE D'UN DITHYRAMBE;

PAR M. J. HYACINTHE GASTON.

Prix : 60 centimes.

À PARIS,

Chez LE NORMANT, libraire, imprimeur du *Journal des Débats*, rue des Prêtres-Saint-Germain l'Auxerrois, N°. 42; Et à l'Athénée des Étrangers, rue du Hasard-Richelieu N°. 14.

AN XI. — 1802.

ODE

SUR LE RÉTABLISSEMENT

DU CULTE.

Loin de moi, Muse mercenaire,
Esclave du crime puissant,
Des tyrans lâche tributaire,
Fléau du malheur innocent.
Descends de la voûte éternelle,
O Vérité ! vierge immortelle
Dont j'ai toujours chéri la loi;
Descends, et prête-moi la lyre
Que d'un religieux délire
Animoit le prophète roi.

Tu m'exauces; mon cœur s'embrase
D'un feu qu'il avoit ignoré;
Je le sens, ta divine extase
Dans mes veines a pénétré.
Ce n'est point cette feinte ivresse
Qu'affectoit l'antique prêtresse,

Organe de son dieu menteur,
De qui la faveur usurpée
Pesa sur la Grèce trompée,
Et trafiqua de son erreur.

Veillé-je ! quel nouveau spectacle
A frappé mes yeux étonnés ?
Par-tout, devant le tabernacle
Je vois les Français prosternés.
Un Dieu bienfaisant nous renvoie
Ces jours d'espérance et de joie,
Ces jours vainement souhaités
Lorsque la discorde fatale
Secouoit sa torche infernale
Sur nos champs et sur nos cités.

Je l'ai vu, le superbe athée,
Ivre d'un coupable bonheur,
Dans ma patrie ensanglantée
Semer le deuil et la terreur.
L'impie, exhalant le blasphème,
S'attaquoit à l'Être suprême :
« Peuples ! s'il est un Dieu, sur moi
» N'ose-t-il donc lancer la foudre !
» Lorsque je vais réduire en poudre
» L'arche et les tables de la loi ? »

A ce cri, l'ange des ténèbres
Applaudit au fond des enfers :
Il en sort ; ses ailes funèbres
Couvrent et la terre et les mers.
Il croit ressaisir sa vengeance,
Il croit renverser la puissance
Du Dieu qu'il voulut défier ;
Et sur des chrétiens infidelles
Plus que sur les anges rebelles,
Son espoir ose s'appuyer.

A sa voix, les Amalécites
Courent, aux marches de l'autel,
Egorger les pieux lévites
Priant en paix pour Israël.
Leur sang rougit le sanctuaire
Où, pour le bonheur de la terre,
Au ciel ils élevoient leurs mains :
Ils tombent ; leur charité sainte
Implore d'une voix éteinte
Le pardon de leurs assassins.

Soudain, sur un sanglant théâtre
Elevé par des factieux,
On prêche à la France idolâtre
Un nouveau culte et d'autres dieux.
La raison et la tolérance

S'indignent de voir la licence
Profaner leur nom respecté,
Et de ses innombrables chaînes
Lier des victimes humaines
A l'autel de la Liberté.

Apôtre de la loi nouvelle,
Quels biens m'oses-tu présenter ?
De mon existence immortelle
Tu prétends me déshériter ;
Le présent est sans récompense,
L'avenir est sans espérance,
Dans le néant tout se confond,
Le néant !... l'athée infidèle
A son dernier soupir l'appèle,
Mais l'éternité lui répond.

Et tu veux qu'au Dieu de mes pères
Je cesse de sacrifier,
Qu'à tes désolantes chimères
Mon cœur ose se confier !...
Non, non ; d'une céleste flamme
Dieu mit le foyer dans mon âme ;
Des jours de mon adversité
Lui seul écarta le nuage,
Et fit briller, pendant l'orage,
Un rayon d'immortalité.

Enfin les pleurs de l'innocence
Ont désarmé le dieu jaloux,
Et les trésors de sa clémence
Vont encor se rouvrir pour nous.
Des méchants le sceptre fragile
Se brisera comme l'argile
Entre les mains du roi des rois.
Sur l'aile des vents il s'avance ;
Il parle, et la terre en silence
Frémit aux accens de sa voix.

« Mortel ! de ton erreur grossière
» Enfin il est temps de sortir ;
» Mon souffle anima ta poussière,
» Mon souffle peut l'anéantir.
» Eh ! que m'importent tes outrages,
» Et ta fureur...., et tes hommages,
» A moi, dont le doigt tout-puissant
» Conduit la marche de l'année,
» Et contient la mer mutinée,
» Qui m'obéit en mugissant ?
» Foible roseau, dans la tempête
» En vain tu cherchois un appui ;
» Lorsqu'elle grondoit sur ta tête,
» L'ami de ton cœur t'a trahi.
» Ton épouse, ton fils lui-même,

A 4

» Contre toi lançoient l'anathême.

» Et te dévouoient au trépas;

» Tu disois : L'amitié mondaine

» Est mouvante comme l'arène

» Qui glisse et s'enfuit sous mes pas.

» Ta douleur étoit sans réfuge,

» Tu vins te jeter dans mon sein;

» Ton repentir fléchit ton juge,

» Il saura changer ton destin.

» Je vais prodiguer les miracles;

» Et Cyrus, malgré les obstacles

» Qui s'opposent à ses desseins,

» Dans Jérusalem consolée

» Bientôt, sur sa base ébranlée,

» Relèvera le saint des saints.

» Envoyé par ma providence

» Pour dompter la rebellion,

» Du serpent il a la prudence

» Avec la force du lion.

» Il sera terrible à la guerre;

» Il rendra la paix à la terre;

» Il doit enfin, avec le ciel

» Renouvelant son alliance,

» Contraindre ma famille immense

» A s'embrasser sur mon autel. »

LA RÉSURRECTION DE LA GRÈCE,

DITHYRAMBE.

Toi qui peins à nos yeux les fêtes de l'Élide,
Les coursiers, affranchis du frein injurieux,
Emportant vers le but un char victorieux,
Et la Grèce assemblée, aux successeurs d'Alcide
Prodiguant les honneurs promis aux demi-dieux,

O Pindare ! combien aux sommets d'Aonie,
Ta lyre enfanteroit de sublimes accords,
Si ton ombre, échappée à l'empire des morts,
    Planoit sur l'antique Ionie,
    Et si tu voyois le génie
Ressaisir pour les arts un sol déshérité,
    L'arracher à la barbarie,
Et lui rendre sa gloire avec sa liberté !

    Long-tems (tu l'ignorois peut-être)
    La Grèce sous le joug d'un maître
    Courba son front humilié :
Son nom lui survivoit...... d'elle seule oublié.

Aux lieux où fut jadis Athène,
Parcourant les débris qui hérissent la plaine,
    Le voyageur a lu ces mots :
    A PÉRICLÈS, A DÉMOSTHÈNE.
Le voyageur s'arrête, il saisit ses pinceaux ;
Mais soudain, effrayé d'une rumeur lointaine,
Il se tourne, et s'enfuit à l'aspect de là chaîne
Que les Grecs à pas lents traînent sur ces tombeaux.

        Ta patrie infortunée
        Veuve d'Épaminondas,
Gémissoit, sans espoir aux flammes condamnée ;
        Mais au défaut de soldats,
        Ton nom, vainqueur du trépas,
Dans les mains d'Alexandre amoureux de ta gloire,
Éteignit ses flambeaux, désarma sa victoire.
        Thèbes n'est plus... Ta lyre d'or
Fut brisée autrefois par un soudan barbare,
        Et son ignorance avare
De ses débris muets augmenta son trésor.

        Omar au sein d'Alexandrie
Engloutit en un jour vingt siècles de génie ;
D'un calife arrogant le ministre odieux
        Opprime la Troade,
Foule du Panthéon les bronzes glorieux
        Et la cendre de Miltiade.

C'est peu ; dans ses festins des vases précieux
Ravis au temple de Diane,
Offrent à l'infidèle une liqueur profane,
Et son faste irréligieux
Outrage sans pudeur et les arts et les dieux.

La Minerve du Nord, à vaincre accoutumée,
Voulut de l'Orient détrôner les Césars ;
Les cent voix de la Renommée
Publièrent au loin que l'empire des Czars
S'étendroit jusqu'à l'Idumée.
Catherine parloit . . . . la terreur de son nom
Alarma le Bosphore et Gustave et la France,
Quand sa royale main sur les murs de Kerson
Ecrivit : « C'EST ICI LE CHEMIN DE BIZANCE. »

Mais je vois l'héritier de ses vastes états
De Catherine accomplir la pensée ;
De Sparte renaissante heureux Léonidas,
Napoléon lui rend sa splendeur éclipsée ;
Et l'Aigle des Germains, et les fiers Léopards,
De nos drapeaux ligués rivaux sans jalousie,
Font pâlir le croissant qui s'enfuit vers l'Asie,
Loin de ses bataillons épars.

Oui, d'un sommeil de fer la Grèce enfin s'éveille,
La voix de Démosthène a frappé mon oreille.
Que vois-je!..... Phidias, Pindare, Anacréon

    Sortent de leurs mausolées,

    Et d'un long deuil consolées,

    Les Muses près d'Apollon

    En cercle sont rassemblées

    Au sommet de l'Hélicon.

DÉMOSTHÈNE.

Périsse le tyran qui du poids de sa chaîne
Voudroit de Salamine accabler les vainqueurs !
J'atteste vos aïeux, nobles enfans d'Athène!
Vous n'avez point failli quand de vos oppresseurs
Vous avez défié la phalange inhumaine.

    Osez en croire Démosthène,

O peuple! rappelez votre antique vertu ;
Songez à Marathon, et Philippe est vaincu.

PHIDIAS.

    Jupiter descend sur la terre,

    D'un signe il ébranle les cieux ;

    Mortels! cachés dans la poussière,

    Adorez le maître des dieux!

    — Mais je l'entends déjà qui tonne.

    Mon génie alarmé s'étonne

A l'aspect de ses traits divins,
Et, de son succès confondue,
Mon audace baisse la vue
Devant l'ouvrage de mes mains.

ANACRÉON.

Belles vierges de la Crète,
Sur le crystal de ces eaux
Entrelacez les rameaux
Qui protègent ma retraite!
Esclaves! couronnez de fleurs
Cette coupe où frémit la liqueur pétillante!...
—La rose et le nectar, de leurs douces odeurs
Apportent à mes sens la vapeur enivrante.
Mais de ces lieux Lycoris est absente.....
Non, je l'entends : Esclaves, fuyez tous.
— Ma Lycoris, que tes baisers sont doux!
Ne crains rien : cet ormeau nous prête son ombrage!
L'Amour plus loin veille pour nous,
Et caché près de ce bocage,
Il a tendu son arc pour chasser les jaloux
Qui voudroient soulever ce rideau de feuillage.

PINDARE.

Quoi! l'airain est muet! qu'il sonne!... ces guerriers
Accourent à nos jeux, assiègent la barrière.

Héraut, vois-tu pas ces coursiers
Impatiens de franchir la carrière,
Frémir, mordre le frein, de momens en momens
Appeler le signal par leurs hennissemens !
Ouvrez, ouvrez la lice, et que la Grèce entière
Garde au triomphateur ses applaudissemens !

Entendez, maîtres de la terre,
Tous ces morts immortels dont j'empruntai la voix
Toi sur-tout, qui d'Achille as passé les exploits,
Affranchis le tombeau d'Homère.
Ses mânes seroient consolés
Si quelque Muse, un jour, sur sa tombe ignorée
Venoit chanter ses dieux de l'Olympe exilés.
Rends Athène à Pallas, Paphos à Cythérée,
Rends une patrie aux beaux-arts,
Ils sont les frères de la gloire ;
Achève ; il n'appartient qu'au favori de Mars
D'élever dans la Grèce un temple à la Victoire.

Mais que dis-je ! les arts, reconquis par ton bras,
Fleurissent aux bords de la Seine :
Laisse couler en paix l'Euphrate et l'Eurotas.
Héritiers de Rome et d'Athène,
Irons-nous donc chercher dans de lointains climats

Des Apellé, des Phidias,
Des Sophocle, des Démosthène?

Et vous aussi, Français, vous fûtes grands comme eux,
Rivaux, souvent vainqueurs de ces hommes fameux,
Corneille, le Poussin, Girardon, la Bruyère,
Racine, Montesquieu, Fénélon et Voltaire,
N'accusons pas les dieux par des regrets jaloux ;
Nous devons à la Grèce envier son Homère,
Mais le ciel, de ses dons libéral envers nous,
Lui refusa Buffon, Lafontaine et Molière.

Long-tems de sa route écarté
L'astre des nations dans une nuit d'orage
Roula son disque ensanglanté ;
Un dieu dissipe le nuage,
Le ciel a repris sa clarté.
O France ! quel siècle de gloire,
Devant toi vient de se rouvrir !
Ose embrasser ton avenir :
Il doit de tes erreurs absoudre la mémoire.
Appelés par les arts, le Germain et l'Anglais
Accourent en foule à tes fêtes,
Et, troublés un instant au bruit de tes conquêtes,
Pardonnent au héros qui leur donna la paix.

(1).

www.ingramcontent.com/pod-product-compliance
Lightning Source LLC
Chambersburg PA
CBHW061434170626
46811CB00005B/2261